银发川柳

日本公益社团法人全国养老院协会 著
〔日〕古谷充子 绘 赵婧怡 译

能趁着绿灯时
把马路过了
说明我还年轻

人民文学出版社
PEOPLE'S LITERATURE PUBLISHING HOUSE

著作权合同登记号 图字01-2021-2640

图书在版编目（CIP）数据

能趁着绿灯时 把马路过了 说明我还年轻 / 日本公益社团法人全国养老院协会著；(日) 古谷充子绘；赵婧怡译. -- 北京：人民文学出版社, 2022
(银发川柳)
ISBN 978-7-02-015758-7

Ⅰ. ①能… Ⅱ. ①日… ②古… ③赵… Ⅲ. ①诗集—日本—现代 Ⅳ. ①I313.25

中国版本图书馆CIP数据核字(2021)第250160号

责任编辑 朱卫净 王皎娇 何王慧
装帧设计 李苗苗

出版发行 人民文学出版社
社　　址 北京市朝内大街166号
邮政编码 100705

印　　制 山东新华印务有限公司
经　　销 全国新华书店等

字　　数 74千字
开　　本 787毫米×1092毫米 1/32
印　　张 3.875
版　　次 2022年3月北京第1版
印　　次 2022年3月第1次印刷

书　　号 978-7-02-015758-7
定　　价 36.00元

如有印装质量问题，请与本社图书销售中心调换。电话：010-65233595

银发川柳4

保持健康篇

Silver在日制英语中指代“老年人”。根据日本总务省统计局的《社会生活基本调查报告》(2011年),65岁以上的居民中,约半数都会进行体育锻炼,特别是70岁以后,该比例甚至有所增加。而在这些运动中,约40%的人会选择散步、体操来保持健康,加强身体机能。除此以外,登山、器具锻炼、高尔夫、游泳、保龄球也颇具人气。

I

老婆总说我
像大型垃圾
其实她自己
也是不可燃垃圾

冈田淳·男性·长野县·71岁·无业

都说死后一身轻
可惜遗产没人分
灵牌没人举

西田勋·男性·北海道·77岁·无业

爷爷和孙子
一个『就活』
一个『终活』注

口笛太郎·男性·爱知县·50岁·公司职员

注：『就活』与『终活』的日语读音相同，『就活』是就职活动的简称，『终活』是老年人为迎接死亡做的准备

戴上助听器的瞬间
老婆突然
不说话了

佐野由美子·女性·三重县·44岁·保育员

今天出门没化妆
邻居家的狗
见我吓得直后退

须田无知子 · 男性 · 岐阜县 · 78岁 · 无业

过去被我凶的儿子
现在温柔地
牵着我的手

大原美枝子・女性・神奈川县・90岁・无业

得了认知障碍症

恶魔老伴变天使

芦泽武·男性·山梨县·62岁·农民

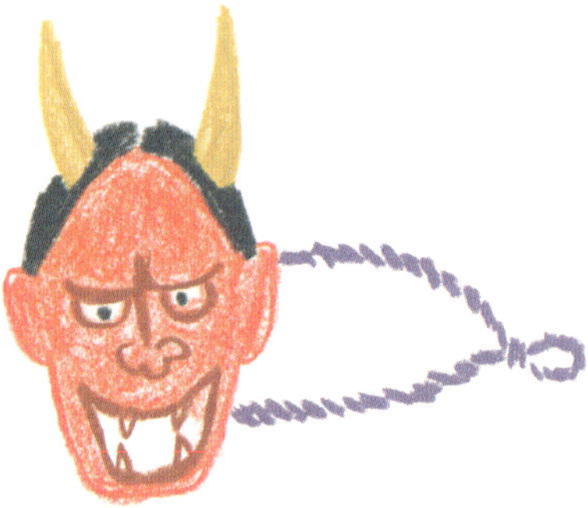

照镜子时
看到了令人怀念的
母亲的脸庞

川村恭子·女性·千叶县·55岁·主妇

祖母约了护理师
做了饭菜请人吃
然后直接睡着了

角森玲子・女性・岛根县・46岁・个体户

以前喝完酒踉跄
现在哪怕不喝酒
走路也像喝多了

川边昌弘 · 男性 · 冈山县 · 38岁 · 个体户

在电车里看报纸的
已经只有我一个人了

西村忠士 · 男性 · 长野县 · 71岁 · 无业

LED[注]寿命长
我一定要
比它活得久

注：利用发光二极管制作的灯

石井香·女性·大分县·53岁·个体户

自从得了糖尿病
就失去了
甜蜜生活的记忆

日比野勉・男性・岐阜县・73岁・无业

东京奥运会
我会在哪儿看
天上还是地上

高桥通男·男性·东京都·62岁·无业

要是在家受了委屈
我就重写遗书
以牙还牙 加倍奉还

富星·男性·福冈县·42岁·自由撰稿人

老婆一发怒
我就好想要
自卫权

畑和利·男性·北海道·49岁·个体户

夫妻幸福的秘诀是
尽量少说话

阿君·男性·大分县·69岁·无业

摔了一跤
看看脚下
啥也没有

哎哟哟·女性·北海道·55岁·兼职工作者

原来老了是这样啊
当你意识到这一点时
就代表你老了

城内光子·女性·东京都·64岁·主妇

不知道有没有细胞

能够阻止

我的大脑退化

穴见贵幸·男性·埼玉县·65岁·无业

II

和天堂比起来
宇宙好像也不远
想去旅旅游

桥立英树·女性·新潟县·46岁·公务员

我被人问年龄时

想方设法装年轻

五右卫门・男性・神奈川县・53岁・公司职员

『饭做好啦』

听到这句话

我去瞧了瞧

原来是给狗狗准备的

足立忠弘·男性·东京都·74岁·无业

打开冰箱吓一跳
和肉放在一起的
还有家门钥匙

玉谷文子·女性·大阪府·56岁·主妇

在家看电视剧
突然惊觉
已经放到演员表

石川文夫・男性・东京都・66岁・无业

参加孙子的运动会
拿着相机一气儿拍
结果孙子不在照片里

大塚英子・女性・千叶县・43岁・公司职员

和孙子玩词语接龙
新鲜词汇都不会
完败给孙子

二瓶博美 · 男性 · 福岛县 · 55岁 · 无业

养老院里成英雄
只因会玩
智能手机

山下奈美・女性・静冈县・40岁・主妇

夕阳红的恋爱
比起心动
还是更在意
心脏还能跳多久

渡会三郎·男性·千叶县·63岁·公务员

今天医院休诊
起床之后
没处去

渴求真爱的丈夫·男性·爱知县·55岁·兼职工作者

实在太无聊
跟电话诈骗犯
聊起了天

峰岸佐千子·女性·群马县·47岁·自由职业者

K
K

好像扑克牌啊
孙子看着我的
挂号证说

高松仕美・女性・东京都・49岁・主妇

今天没事做
又申请了好几个
免费试用呢

佐佐木铁马·男性·岩手县·72岁·无业

养老院里
轻症给重症
推轮椅

中井研一·男性·大阪府·87岁·无业

老妈开店很精神
账面永远对不上

绿子 · 女性 · 茨城县 · 60岁 · 无业

跳着草裙舞
怪味传过来
原来是伤湿止痛膏

河野达郎·男性·宫崎县·79岁·无业

明明去散步
家人却让我
带上身份证

酒井具视・男性・东京都・37岁・公司职员

到了这个年纪
少报五六岁
已经影响不大了

背影看起来20岁·女性·神奈川县·51岁·公司职员

奶奶闲来无事
拉住快递员闲聊

蜜柑・女性・长野县・36岁・主妇

III

终于意识到
有些东西
已经不是所有人都能拥有
比如金钱和头发

一无所有·女性·三重县·36岁·主妇

比起AKB
我更关心
PPK注

井堀雅子·女性·奈良县·60岁·无业

注：AKB是日本大型女子偶像组合AKB48的简称。PPK是日文『ピンピンコロリ』的缩写，意为『生时活得尽兴，死时无病痛』

奶奶在睡觉
曾孙过来问
你还活着吧

神谷泉·女性·爱知县·51岁·兼职工作者

以前自豪能爬山
现在只恨山太高

椎名弘·男性·茨城县·76岁·无业

医生给我看病说
身体问题倒不大
嘴上毛病要改改

桥口好子·女性·大阪府·58岁·主妇

去医院太多次
老婆快修炼成
候诊室大管家

大牌妈妈 · 女性 · 香川县 · 30 岁 · 医院兼职工作人员

艺多不压身
老人会里大明星

石川升・男性・东京都・60岁・合同职员

啥时候吃饭啊
就是现在
这段对话重复了三遍

森田知哉・男性・熊本县・31岁・公司职员

夫妻争抢遥控器
不是抢频道
而是争音量

小柳好弘 · 男性 · 埼玉县 · 67岁 · 无业

是时候考虑
去天堂旅个游
再给你们捎点土特产了

角田淳子 · 女性 · 山口县 · 49岁 · 特约讲师

随着年龄增长
能做的事
变得越来越少了

中西让治·男性·大阪府·68岁·公司职员

喂 哎呀 那个

我的糊涂三连发

天才妻子已无视

前原球芳·女性·福冈县·57岁·主妇

孙子洗澡好奇地问
爷爷为啥去浴池
不围浴巾啊

泰平乐·男性·神奈川县·66岁·主夫

老婆旅行刚回来
特产带了一大堆
结果全是给狗的

安盛三千代·女性·大阪府·56岁·主妇

我的血压数值怪
每次换个护理师
七上八下都不同

藏田正章·男性·福冈县·75岁·无业

闺蜜聚会
主要话题是
关节炎

沙琪玛·女性·高知县·67岁·主妇

突然发现
自己好强壮
原来是在梦里

小野隆夫·男性·大阪府·73岁·无业

都说早起身体好
今天我也两点醒

小川绿・女性・福岛县・45岁・主妇

取假牙时
母亲笑着说
怎么跟上了年纪一样

白猫·女性·岐阜县·44岁·兼职工作者

以前接传单
为了买房子
现在只能接
火葬场广告

金爆·男性·千叶县·60岁·公司职员

从今往后
我的收入来源
就是『活着』这件事了

清词薰·男性·三重县·60岁·兼职职员

20 21 22
27 28 29 30 31

孙子给我寄礼物
结果是
到付

铃木富士夫 · 男性 · 埼玉县 · 62岁 · 个体户

星期二
是周几来着
母亲一脸严肃地问

堤圭子·女性·福冈县

这个年纪去医院
对着医生说教后
直接回家

冈田弘・男性・香川县・70岁・无业

IV

老眼昏花后
看谁都很美
也算是福气

泽井拓司·男性·广岛县·62岁·无业

因为太健忘
每天的日常感动
都很新鲜

下田祐子·女性·新潟县·65岁·无业

女儿守着我
一定要看我
把点心吃完才行

清广素子·女性·兵库县·46岁·公司职员

如果好好孝顺我
那我就
再改改遗书

楠畑正史 · 男性 · 大阪府 · 69岁

突然发现
自己和晚年的母亲
竟然已经如此相似

纮子・女性・福冈县・28岁・兼职工作者

晚上睡不着
只因睡前看的悬疑剧
还没找到凶手

石毛惠美子·女性·茨城县·80岁·无业

已经到了
单单只是活着
就已经很好了的年纪

加茂和巳·男性·千叶县·80岁·无业

退休以后
想再晋升
就得去天上了

阿一·女性·新潟县·63岁·主妇

坐电车时
有人给我让座
才能提起精神

宫下四四已·男性·长野县·71岁·无业

想要自费出本书
结果算算殡葬费
还是算了吧

锹田美奈子 · 女性 · 熊本县 · 60岁 · 主妇

掰手腕
汉字
算术
全都输给孙子了

角替昭・男性・静冈县・85岁・无业

平时没事爱读书
每天都看
同一页

田中弘子・女性・岐阜县・61岁

能趁着绿灯时
把马路过了
说明我还年轻

下野绘子·女性·福冈县·兼职工作者

学校参观日
跟着孙子一起
举起了手

小松贵志・男性・东京都・77岁・无业

嘴上在吵架
手上却在
帮对方擦药

岩村金子·女性·佐贺县·75岁·无业

虽然上了年纪
但还是觉得
家花不如野花香啊

明太子·女性·埼玉县·65岁

出门前请注意
关了煤气和电灯
就找不到钥匙了

島村恭子・女性・东京都・76岁・兼职工作者

『这个那个』说太多
被孙子问
是不是『诈骗犯』

孙子是左手·女性·埼玉县·40岁

嘴上总说生无可恋的人
今天也吃了
鳗鱼饭呢

神户弘子・女性・京都府・86岁・无业

听见有声音
回头一瞧
是孙子在玩
我的假牙

巴巴林林·女性·千叶县·59岁·主妇

孙子不穿的鞋
爷爷瞧了瞧
自己还能继续穿

伊与部道・女性・新潟县・87岁・无业

蚊帐和纱窗
每天打交道
我也是『网络一代』

吉增健二·男性·福冈县·49岁·公司职员

现在接吻
要担心的是
肺活量够不够

间之町花·女性·京都府·77岁

掰着手指在想啥
原来是在数
一二三四五

木村纪美・女性・秋田县・64岁・主妇

等院子里的花开了
就给它取孙子的名字吧

山本隆庄・男性・千叶县・74岁・无业

后记

各位读者久等了！“一定要出续篇！”“看得我笑出声，让我充满干劲。”得到了类似这样诸多好评的“银发川柳”的续篇，终于在今年顺利发行了。

“银发川柳”是日本公益社团法人全国养老院协会从2001年开始、每年举办的川柳作品征集活动。这是一项以轻松愉快地创作川柳、积极肯定老年生活并从创作中得到乐趣为初衷的征稿活动。至今，我们收到的投稿已经超过13.5万首。每年我们都会收到各种以老年人的视角、用诙谐的笔调描述日常生活的作品。

2014年，我们迎来了第十四届川柳作品征集活动，总共收到了11370首投稿。投稿者的平均年龄为69.7岁，最年长者100岁，最年少者8岁。男女比例为6：4，几乎持平。相比去年，男性的比例有所增加。

川柳中经常涉及的题材，无论如何都避不开容貌、体力、记忆力衰退。像皱纹、老年斑、假牙，还有头发的烦恼，是我们每年都会收到大量投稿的“经典主题”。而之前难登大雅之堂的“老人味”“小便失禁”等题材，现在也开始被提到桌面上了。

此外，夫妻关系倦怠期的相关题材也仍然广受欢迎，类似“退休以后 / 就没在妻子面前 / 抬起过头”这种作品，多以自嘲的形式登场。不过大多数作品中饱含着对长年共同生活者的深切爱情。读完以后能让人内心充满一种温柔的力量，并感受到人与人之间的羁绊，可谓是川柳的独特之处。

另一方面，在作品中，孙子辈的登场率每年都在增加。不仅描写了老一辈与孙子辈在一起度过的快乐时光，还描写了他们与孙子辈在智力和体力上竞争的样子。除此之外，还有以孙子辈的视角描绘的“爷爷奶奶”的模样。

同时，还有不少作品融入了时下热点，这也是川柳的有趣之处。像去年一样，今年不仅有“就是现在”“AKB”等电视上的热门词，还有“奥运会”“终活”等流行语。

本书收录了包括第十四届川柳作品征集活动的入围作品在内共 88 首川柳。既有“爷爷和孙子 / 一个就活 / 一个终活”这种充满现代感的作品，也有“老婆总说我 / 像大型垃圾 / 其实她自己 / 也是不可燃垃圾”这种以男性在家庭内进行小小抵抗为主题的作品。这些作品都让人不知不觉感同身受并为之喝彩。

日本现在已经是超高龄社会，我们难免需要面对残酷的现实和孤独的时光。这时，请不要忘记微笑，试着翻阅本书。如果这本书能够博大家一笑，那实在是我们的无上之喜。

最后，向所有为本书提供作品的作者，表达最诚挚的感谢。

日本公益社团法人全国养老院协会

白杨社编辑部